Oh Bruder

Theresa Rosengarten Teil 1

Von Lara Gorny

Impressum

Erstausgabe © 2025 Lara Gorny

Umschlaggestaltung: Tamara Gorny
Verlag: BoD · Books on Demand GmbH,
Überseering 33, 22297 Hamburg,
bod@bod.de
Druck: Libri Plureos GmbH,
Friedensallee 273, 22763 Hamburg

ISBN: 978-3-8448-1059-2

Kapitel 1

„Komm jetzt, sonst werden wir ihn nicht mehr sehen", sagte die Frau und trieb ihren Mann vorwärts.

„Mach doch langsam. Ich bin schließlich keine vierzig mehr!", entgegnete er mit einem müden Grummeln.

„Das stimmt und ich auch nicht. Und trotzdem möchte ich den Sonnenaufgang über dem Pumpenhäuschen sehen!"

„Dann geh doch vor und ich..."

Ein gellender Schrei unterbrach ihn mitten im Satz.

„Was ist denn...", mehr brachte er nicht heraus, bevor seine Augen dem zitternden Zeigefinger seiner Frau folgten.

Im Eingangsbogen zum Pingenpfad konnte man etwas hängen sehen, die Silhouette eines Menschen.

Zehn Minuten nach Absetzen des Notrufs trafen die ersten Einsatzkräfte am Ort des Verbrechens ein. Schockiert schauten die

Beamten auf das Bild, das sich ihnen bot. Der Mann, der dort hing, war in einer verstörenden Pose aufgehängt, nämlich wie die Tarotkarte „Der Gehängte", kopfüber vom obersten Punkt des Bogens baumelnd. Er trug die für Bergleute typische Arbeiterkluft. Ebenso waren seine Wangen von einer schwarzen Substanz bedeckt.

„Er erinnert mich an einen der Kumpels nach der Schicht", entgegnete der ältere der zwei Polizisten.

„Die hingen aber nicht kopfüber in der Waschkaue", erklang da eine weibliche Stimme hinter den beiden Männern.

Die beiden Beamten drehten sich herum und sahen eine junge Frau mit einem weißen Pudel an der Leine.

„Und Sie sind?", fragte der grauere der beiden Männer.

„Oh, Entschuldigung. Mein Name ist Theresa Rosengarten, ich bin...", sprach sie, doch wurde unterbrochen.

„Die Autorin des Helljewalder Trotsch",
ergänzte der hübsche, braunhaarige Mann,
der etwa in ihrem Alter war.

„Genau", erwiderte die Frau und wurde rot
über der Tatsache, dass sie doch eine
gewisse Bekanntheit in ihrem Umfeld hatte.

„Haben Sie denn etwas beobachten können,
Fräulein Rosengarten?", fragte der andere
Mann.

„Ich bin erst mit Rübchen zu unserem
Morgenspaziergang aufgebrochen, also
nein", entgegnete sie mit einem Verweis auf
den Pudel, der komplett ruhig neben ihr
stand.

„Gut, dann können Sie gehen", sagte
Silberhahn und wandte sich seinem Kollegen
zu. „Lukas, die Spusi wird gleich da sein. Ich
werde sie einweisen. Achte du bitte darauf,
dass niemand die Absperrung übertritt."

„Alles klar", entgegnete der junge Mann
knapp und wandte sich, sobald sein Kollege
ein Stück entfernt war, wieder Theresa zu.

„Du erinnerst dich nicht zufällig an mich?"

Sie sah ihn an, studierte seine Gesichtszüge und sagte: „Nein, tut mir leid."

„Wir waren früher in derselben Klasse. Ich bin Lukas Jung."

„Lukas, ja, natürlich!"

Eine kurze Phase des Schweigens folgte. Dann jedoch fragte er: „Theresa, ich habe eine Frage."

„Ja?", entgegnete sie, um ihn zu ermutigen, zu sprechen.

„Du bist doch gut in dem Ort vernetzt und bekommst wahrscheinlich eher Informationen aus den Menschen heraus als wir Polizisten. Ich würde dich bitten, mich auf dem Laufenden zu halten, wenn du irgendetwas weißt. Vielleicht kannst du dich sogar etwas umhören."

„Das würde ich ohnehin machen. Aber im Gegenzug will ich auch wissen, was du mir als Informationen sagen darfst", entgegnete sie mit gesenkter Stimme.

Lukas blickte sich noch einmal unauffällig um und nahm anschließend eine Visitenkarte aus seiner Jackentasche sowie einen Stift.

Er schrieb etwas auf die Rückseite der Karte und gab sie ihr.

„Ich habe dir meine private Handynummer aufgeschrieben. Schreib mir nachher einfach eine Nachricht. Bitte melde dich, sobald dir etwas zu Ohren kommt", sagte er in leisem Ton.

„Danke. Falls ich eine Information höre, die euch weiterhelfen könnte, sage ich dir Bescheid", entgegnete Theresa und verabschiedete sich anschließend.

Bevor sie ging, warf sie noch einen letzten Blick auf den Mann in baiger Bergmannskluft, mit den schweren Arbeitsschuhen nach oben aufgehangen und dem Helm, der mit Nägeln an seinem Kopf befestigt wurde. Sie stieß noch einmal schwer die Luft aus und machte sich dann auf den Weg zum Weiher. Theresa schlenderte zum Rundweg, welcher um den Weiher führte, der dominiert wurde vom Pumpenhäuschen, das am Rande dessen thronte. Sie beschloss, auf dem Rückweg an der Straße vorbeizugehen, um nicht noch einmal das Szenario dieses Verbrechens zu sehen. Sie merkte, dass sie von dem Geschehenen belastet war. Doch gleichzeitig hatte sie auch die Entschlossenheit gepackt, herauszufinden, wer dem Mann diese schrecklichen Dinge angetan hatte.

Kapitel 2

Was machen sie da nur? Sie haben alles
abgesperrt. Die Ruhe des armen Reiner ist
schon wieder gestört. Nun schneiden sie ihn
vom Bogen und legen ihn auf den Boden.
Dort hing er definitiv bequemer. Zunächst
hatten sie ihn jedoch fotografiert. Woher die
Herrschaften solch gute Fotoapparate
haben, ist mir schleierhaft. Auf der anderen
Seite hatte ich solch ein Gerät auch noch nie
gesehen. Die Krimis, die man im Fernseher
sieht, unterscheiden sich von dem, was im
wahren Leben geschieht. Es grenzt schon
fast an Abnormalität, wie viele Menschen zu
dieser Stunde hier unterwegs sind. Und die
Beamten erst. Da sind sicherlich ein Dutzend
Einsatzkräfte und das alles für einen Mann!
So ist hier auch wieder richtig was los. Oh,
unser schöner Weiher. An diesem waren wir
früher schon immer unterwegs.
Reiner hatte mir damals oft seine Arbeit und
alles, was damit zusammenhing, gezeigt.

Einmal, ich bin ungefähr elf Jahre alt gewesen, hat er mich mit zum Weiher genommen. Gemeinsam sind wir runter zum Pumpenhäuschen gegangen.

„Siehst du den Weiher?", hatte er mich gefragt.

„Ja", hatte meine Antwort gelautet.

„Er wurde künstlich angelegt. Damals befand sich hier ein malerisches Wiesental. Durch dieses floss der Klinkenbach, der aus dem Kallenbrunnen entsprang. 1877 haben sie diesen Bach durch einen Damm an der Nordseite angestaut. Das erste Pumpenhäuschen wurde da hinten erbaut. 1908 wurde das Türmchen gebaut, das für die Wasserversorgung der Dampfmaschinen in Itzenplitz und Reden, zuständig gewesen war. Später sind sie auch für die Wasserwartung der Grube Itzenplitz und später auch Reden zuständig gewesen."

„Kann man darin schwimmen?"

„Klar, wieso denn nicht?"

„Ich meine nur. Wird man von der Pumpe des Pumpenhäuschens nicht eingesogen?"

„Du musst ja nicht so nah hinschwimmen!"
Ich hatte genickt und wir sind weiter um den
Weiher herumgegangen.
„Das ist die Fischerhütte. Hier können wir
irgendwann mal eine Cola trinken gehen."
„Oder ein Eis essen?"
„Klar!"
Das hatte mich gefreut. Meine Eltern hätten
mir weder das Eine noch das Andere
gekauft.
Wir setzten unseren Weg zur sogenannten
„Insel", einem Stück Wiese, das auf der
gegenüberliegenden Weiherseite des
Pumpenhäuschens lag, fort. Doch statt links
zu dieser sind wir nach rechts den Weg hoch
und die Erste rechts weiter in den Wald
gegangen. Auf der rechten Seite standen
noch alte Grubenhäuser, zum Teil
eingezäunt. Links befanden sich überirdische
Mulden von eingekrachten Schächten und
dem damaligen Übertagebau.
„Es sind nicht mehr alle Sohlen intakt", hatte
Reiner mir erklärt. „Außerdem darfst du hier
nicht einfach quer in den Wald gehen. Wenn

du in eine der Kuhlen fällst, kannst du dich schlimm verletzen oder gar schlimmeres. Du musst auf die Bäume schauen. Manche sind, wie dieser, mit einem Schild versehen, auf dem ein Totenkopf abgebildet ist. Dieser warnt vor den Kuhlen. Achte bitte darauf, wenn du mal mit deinen Freunden oder allein unterwegs bist."

Ich hatte bloß genickt und bei mir gedacht, dass ich ohnehin nur mit ihm auf Achse war. Meine Klassenkameraden mochten mich nicht. Sie dachten, ich sei seltsam. Eigentlich wurde ich in der Schule immer nur geärgert. Manchmal sind sie mir so schlimm umgegangen, dass ich weinend in meinem Zimmer gesessen hatte. Hätte Vater den Grund gewusst, weshalb oder gar, dass ich überhaupt geweint hatte, wäre mir sicher hinter die Ohren geschlagen worden. Ihm war ich ohnehin immer zu weich gewesen. Meine Mutter hatte nie etwas dagegen getan, da sie selbst Angst vor ihm hatte. Einzig Reiner war immer bei mir gewesen. Er hatte mehr nach mir gesehen als meine beiden Eltern zusammen.

Nachdem er mir alles gezeigt hatte, sind wir nach Hause gegangen. Richtig daheim hatte ich mich dort jedoch nie gefühlt. Reiner hatte immer gemeint, dass er, wenn er einmal genug Geld hätte, wegziehen würde. Mich würde er mitnehmen, hatte er mir versprochen. Ich hatte schon immer auf der Grube arbeiten wollen. So hätten wir schneller das benötigte Geld zusammen gehabt, um uns etwas leisten zu können, selbst wenn wir den Eltern einen Teil unseres Lohns abdrücken mussten. Seit Vater arbeitsunfähig geworden war und Invalidenrente bezog, war er den ganzen Tag zu Hause oder in der Kneipe. Außerdem war Vater immer schlecht gelaunt. Das bekamen dann meine Mutter und ab und an auch mal ich zu spüren. An Reiner traute er sich nicht mehr, seit dieser sich einmal gewehrt und ihm überlegen gewesen war.

Jetzt muss ich aber von hier verschwinden. Nicht, dass ich doch noch erwischt werde.

Zum Glück habe ich es nicht weit bis nach
Hause.

Kapitel 3

Zu Hause angekommen, machte Theresa sich erst einmal einen Milchkaffee. Diesen nahm sie mit in ihr Arbeitszimmer. Dort schrieb sie zunächst Lukas: >Hallo Lukas, hier ist Theresa. Ich wollte dir nur schreiben, dass du meine Nummer hast. Liebe Grüße< Keine zwei Minuten später kam seine Antwort: >Hallo Theresa, schön, dass du dich meldest. Ich rufe nach meiner Schicht bei dir an. Liebe Grüße, Lukas< Die junge Frau lächelte. Sie freute sich, dass ihr alter Schulfreund sich nun als neuer Informant herausstellte. Sie war einfach zu geprägt durch die Filme in Schwarz-Weiß, die von einer rundlichen, älteren Frau handelten, die in Begleitung ihres guten Bekannten im schönen England Kriminalfälle löste. Diese Klassiker hatte sie immer sonntags mittags mit ihrem Vater geschaut. Dann jedoch schüttelte sie den Kopf. Sie musste sich jetzt konzentrieren. Überlegt hatte sie sich schon, wie sie beginnen wollte. Zunächst nahm sie sich eine ihrer A2-Unterlagen, die auf ihrem Schreibtisch als Block lagen und legte sie mit der weißen Seite nach oben vor sich. Anschließend nahm sie Haftnotizzettel in Sprechblasenform und begann damit, sich das zu notieren, was sie wusste:

- *Mann mittleren Alters*
- *kopfüber in Bogen des Pingenpfads aufgehangen*
- *trug Steigerkluft*
- *Helm mit Nägeln an Kopf befestigt worden*
- *Name?*
- *Todesursache?*
- *Motiv des Mörders?*

Sie las sich noch einmal alles durch und schaute, dass sie auch kein wichtiges Detail vergessen hatte. Anschließend hängte sie das Blatt an die Wand über ihrem Schreibtisch. In ihrem Stuhl zurückgelehnt, betrachtete sie das Blatt und die darauf stehenden Wörter immer wieder und wieder. Einen gefühlt ewigen Zeitraum später war sie

18

immer noch kein Stück vorangekommen. Der Kaffee war leer und Theresa so weit wie am Anfang. Ein lautes Stöhnen entfuhr ihr. Ein Blick auf die Uhr verriet ihr, dass es erst halb zwölf Uhr mittags war. Sicherlich hatte Lukas noch ein paar Stunden Dienst, bis er Feierabend machen konnte und sie anrufen würde. Um diese Zeit nicht unnütz abzusitzen, beschloss sie, sich anzuziehen und erneut zum Fundort der Leiche zu gehen.

Etwa fünf Minuten später stand sie mit Rübchen vor dem eisernen Doppelbogen, der inzwischen wieder freigegeben worden war. Theresa sah sich alles aus etwa zwei Metern Entfernung an. Leider war durch den Bogen in den letzten Stunden wohl eine ganze Pilgerreise durchgelaufen. Alles schien zertrampelter als in den schönsten Tagen, an denen der Pingenpfad zu einer gemütlichen Wandertour einlud. Theresa war nicht weiter verwundert. Auf dem Dorf verbreiteten sich solche Neuigkeiten wie ein Lauffeuer.

Stumm trat sie vor und in den Bogen. Sie blickte nach oben und runzelte die Stirn. Da fehlte etwas. Normal hatte dort immer ein Holzschild mit der Aufschrift *„Pingenpfad"* gehangen. Theresa dachte sich, dass es der Polizei mit Sicherheit auch aufgefallen war, doch sie würde Lukas sicherheitshalber ihre Beobachtung mitteilen. Ansonsten sah sie bloß dutzende von Fußabdrücken. Selbst wenn hier etwas gewesen wäre, jetzt konnte man es definitiv nicht mehr erkennen.

Theresa seufzte laut auf. Rübchen blickte sie verwirrt an.

„Du hast Recht", meinte sie zu ihrem Hund. „Hier werden wir wahrscheinlich nichts mehr finden. Komm, wir gehen etwas essen."

Rübchen schien genau zu verstehen, was ihr Frauchen sagte. Sie lief schwanzwedelnd neben Theresa her. Erst wollte sie zu ihrer Wohnung abbiegen, doch dann fiel ihr etwas ein. Da sie im Moment keine Geduld zum Kochen hatte, gar Angst davor, dass sie das Essen anbrennen ließ, weil ihre Gedanken andere Themenbereiche umfassten, ging sie

20

weiter. Gemeinsam mit Rübchen machte sie sich auf den Weg hoch zur Karlstraße. In diese bog sie ab und lief den langen Berg hoch bis zum Bürgerhaus. Dort war inzwischen ein indisches Restaurant. Es gab nicht bloß indisches Essen, sondern andere Gerichte wie zum Beispiel Schnitzel standen ebenfalls auf der Speisekarte. Dies brachten auch den einen oder anderen älteren Gast ins Lokal, der nicht unbedingt etwas aus der indischen Küche essen wollte. Theresa wusste von zwei oder drei Stammgästen, die fast täglich kamen. Ob dort in den letzten Wochen noch der eine oder andere dazu gekommen war, war ihr allerdings nicht bekannt.

„Oh, hallo Fräulein", begrüßte sie der große, schmale Mann mittleren Alters. „Ein Tisch für Sie Beide?"

Theresa nickte lächelnd. Es freute sie, dass Rübchen in diesem Lokal so willkommen war. Bei jedem Besuch freute sich der Mann über den Pudel. Als sie zu ihrem Tisch ging,

hörte sie eine Stimme hinter sich rufen:
„Theresa, Kindchen, bist du´s?"
Sie blickte in die Richtung, aus der der Ruf
gekommen war und erblickte eine ältere
Dame.
„Hannelore, schön dich zu sehen",
entgegnete sie lächelnd und ging auf die
Frau zu.
Die Ältere war eine der Menschen, von der
sie einige Geschichten für ihren „Helljewalder
Trootsch" erfahren hatte. Sie hatte mit
Hannelore einige Nachmittage in deren
Wohnzimmer verbracht oder am Tennisheim
im dortigen Lokal gegessen. Gemeinsam
hatten sie Erzählungen und Erinnerungen
aus Hannelores Vergangenheit
zusammengefasst, niedergeschrieben und
besprochen. Die Dame hatte eine enge
Bindung zu Rübchen und auch zu Theresa
aufgebaut.
„Na Maad, bist du schon mit dem Toten vom
Pingenpfad beschäftigt?", fragte die alte
Dame grinsend.

Theresa lächelte ihr zu. Gemeinsam setzten sie sich an einen Tisch. Aus ihrem Rucksack nahm Theresa zwei Schüsselchen. Das eine füllte sie mit Wasser, das andere mit Futter für Rübchen. Nachdem auch sie sich etwas zu Trinken und Essen bestellt hatten, kam Hannelore direkt auf den Punkt.

„Also Kleines, erzähl mal. Du warst doch heute Morgen vor Ort und hast bestimmt schon einiges von dem schnuckeligen Polizisten erfahren", sagte Hannelore und zwinkerte bei dem Wort „schnuckelig" zu. Theresa merkte, wie ihr das Blut in die Wangen schoss. Dann sagte sie: „Nein, er war früher in meiner Klasse. Aber woher weißt du schon wieder davon?"

„Ich habe da so meine Quellen!"

„Vera?"

Hannelore schwieg kurz, nickte dann aber. Vera war ihre Tochter. Sie schien immer überall und nirgends zu sein. Meist bekam man gar nicht mit, dass sie da war und doch übermittelte sie die wichtigen Infos an ihre Mutter.

„Na dann hat der Dorffunk ja mal wieder bestens funktioniert", meinte Theresa, fuhr anschließend aber fort. „Der Ermordete ist noch unbekannt. Vielleicht finden weißt du ja, wer er ist."

„Hast du ein paar mehr Informationen für mich. Ich kann mich mal umhören."

Das war genau das, was Theresa sich erhofft hatte. Inzwischen kam das Essen. In der Pause, in der sie ihr Essen serviert bekamen, dachte Theresa nach, was sie über den Mann wusste. Zunächst versuchte sie stumm zu essen, in der Hoffnung, dass Hannelore ihr erst, nachdem sie gegessen hatten, weitere Infos entlocken würde, doch die ältere Dame war unerbittlich. Sobald ihr Essen vor ihr stand, meinte Hannelore: „So meine Liebe, dann schieß mal los!"

Theresa schluckte den Bissen, den sie im Mund hatte, unter und fasste dann zusammen: „Ich habe den Mann leider auch nicht genau gesehen. Aber er war etwa in den Dreißigern, groß, durchtrainiert und sah gepflegt aus. Seine Haare konnte ich nicht sehen und die Augen waren geschlossen. Er trug eine Steigerkluft und hatte einen Helm auf dem Kopf festgenagelt."

„Das ist ja grausam", sagte Hannelore geschockt.

„Kannst du trotzdem etwas mit meiner Beschreibung anfangen?", fragte Theresa.

„Ich kann dir nichts versprechen, aber ich versuche es", entgegnete Hannelore.

Mit diesen Worten schwiegen beide und begannen sich ihrem Essen zu widmen.

Kapitel 4

Ich hatte gar nicht gewusst, dass doch so viele Bilder von uns existierten. Mutter musste sie gemacht haben. Die Meisten zeigten bloß Reiner und mich. Auf manchen konnte man auch sie sehen. Die Bilder, auf denen unser Vater zu sehen war, waren ausnahmslos Familienfotos. Diese sind allerdings nur unter heftigem Protest seinerseits entstanden. Erst nachdem unsere Mutter wochenlang regelmäßig gebettelt hatte, hatte er sich erweichen lassen. Die letzten anderthalb Jahre dann jedoch waren keine Fotos mehr entstanden. In der Zeit war im Allgemeinen alles immer schlimmer geworden.

Ich erinnere mich noch gut. Sobald ich früher aus der Schule gekommen war, bin ich in mein Zimmer gegangen, habe Hausaufgaben gemacht und anschließend auf Reiner gewartet. Ich wollte meinen Vater keinesfalls provozieren und um draußen spielen zu gehen, hatte ich meistens keine Lust, da ich ohnehin niemanden zum Spielen hatte. Darum hatte ich darauf gewartet, bis Reiner nach Hause kam. Im Sommer sind wir immer raus gegangen, doch die Winter waren hart. In der Zeit waren wir fast ausschließlich in Reiners Zimmer gewesen. Im Winter war unser Vater immer noch jähzorniger als ohnehin schon.

Eines Nachmittags hatten wir auf Reiners Bett gesessen und Karten gespielt. Da hatten wir sie wieder gehört. Vater hatte mal wieder herumgeschrien. Bei ihrem Versuch, ihn zu beruhigen, hatte Mutter ebenfalls ihre Stimme erhoben. Sicherlich ging es mal wieder um eine Lappalie. Es verging kein Tag, an dem sie nicht um irgendeine Kleinigkeit stritten, doch an diesem Tag ging es fürchterlich zu. Die Stimme meines Vaters hatte einen Unterton, der immer wütender wurde und schließlich kam es, wie es immer kam, wenn er so richtig wild war. Zuerst hatten meine Eltern geschrien, dann hatte es geknallt. Normal rührte das Geräusch daher, dass er sie geschlagen hatte. Danach hatten wir eine Tür, vermutlich die Haustür, knallen gehört. Anschließend war alles ganz still. Ich hatte durch den Spalt der Gardinen gespäht und gesehen, wie Vater in die dunkle Nacht stapfte. Reiner hatte geseufzt und die Spielkarten in die Dose geschmissen, in der er sie aufbewahrte.

„Komm, wir gehen zu ihr", hatte er gesagt und war zur Zimmertür gegangen.

Ich bin ihm gefolgt, wir sind die Treppe runter, um unsere Mutter zu suchen. Sie hatte auf dem Küchenboden gesessen, ihr Gesicht in die Hände gestützt. Ihr Körper hatte sich vor Weinen geschüttelt. Reiner hatte sich neben sie gekniet.

„Mutter, schau mich bitte an", hatte er leise und mitfühlend gesagt.

Sie hatte langsam den Kopf gehoben und Reiner ins Gesicht geschaut.

„Hol warmes Wasser und ein sauberes Handtuch", hatte er mir aufgetragen.

Ich bin ins Bad gegangen und habe ein Handtuch geholt. Anschließend bin ich

28

zurück in die Küche, habe Omas alte, emaillierte Schüssel mit warmem Wasser gefüllt. Daraufhin hatte ich die Schüssel auf den Küchentisch gestellt, bin neben meine Mutter, die inzwischen auf einem Stuhl saß, getreten und hatte ihre Hand gehalten.

Reiner hatte in der Zwischenzeit Mutters Gesicht gereinigt. Sie hatte Blut im Gesicht von der blutenden Nase und der aufgeplatzten Unterlippe. Sie hatte es über sich ergehen lassen, hatte nicht einmal gezuckt. Währenddessen hab ich bloß dort gestanden und ihre Hand gehalten.

Als Reiner fertig war, hatte er die Sachen weggeräumt. Mutter hatte bloß gelächelt und gemeint: „Ihr Jungen seid so gut. Ich bin so froh, dass ich euch habe."

Daraufhin haben wir ihr hoch geholfen und wollten sie in ihr Zimmer bringen. Bevor wir das jedoch konnten, ist sie stehen geblieben und hat uns zu sich gezogen. Sie hatte uns fest an sich gedrückt. Danach sind wir die Treppe hoch gegangen, hatten sie auf ihr Bett gesetzt und haben das Zimmer verlassen, damit sie sich umziehen konnte. In solchen Momenten war sie im Gegensatz zu sonst richtig herzlich zu uns, was allerdings wohl nur daran lag, dass wir uns um sie gekümmert hatten.

Wir sind gemeinsam zurück in Reiners Zimmer gegangen.

„Das war ja mal wieder etwas. Für die nächsten Tage haben wir unsere Ruhe", hatte er gemeint.

Ich hatte genickt. Das war immer so. Wenn er geschlagen hatte, war er einige Tage nicht ganz so schlecht gelaunt wie normal. Später ging es dann aber wieder von vorne los. Nach etwa einer halben Woche hatten sie erneut eine Schreierei und nach einer gewissen Zeit, Zack! Dann hatte sie sich wieder eine gefangen. An diesem Abend jedoch, würde er nicht mehr zu unserer Mutter ins Bett krabbeln. Das letzte Mal als er mit vollgesoffenem Kopf heimgekommen war, hatte er mich aus dem Bett geprügelt, weil ich ihm zu langsam gewesen war. Da hatte ich was zu tun gehabt, am nächsten

Morgen in der Schule, da natürlich jeder wissen wollte, was ich gemacht hatte. Das tat nicht gut. Reiner hatte gemerkt, dass etwas nicht stimmte. Besorgt hatte er mich angesehen und gefragt: „Möchtest du hier schlafen?"

Ich hatte nur genickt. Dass mein Bruder immer gewusst hatte, was ich dachte, vermisse ich. Der Gedanken daran, dass er nie wieder so mit mir reden würde, lässt mein Herz ganz schwer werden.

Kapitel 5

Am Abend saß Theresa auf der Couch,
bereit für einen Serienmarathon. Da begann
ihr Handy zu klingeln. Nach einem Blick auf
das Display erkannte sie Lukas Namen.
Schnell schaltete sie den Fernseher stumm
und hob ab.

„Hallo Lukas, schön, dass du dich meldest",
sagte sie freudig und merkte ein leichtes
Kribbeln im Bauch.

„Hallo Theresa, das kann ich nur erwidern.
Hast du schon etwas über den Toten
herausfinden können?", entgegnete Lukas.

„Leider nein! Ich konnte nach keiner
bestimmten Person fragen. Ich kenne seinen
Namen doch nicht."

„Du weißt, dass ich dir solche Informationen
nicht weitergeben darf, selbst wenn ich
wollte!"

„Ja, das weiß ich. Aber wenn ich nichts habe,
kann ich auch schwer etwas herausfinden!"

„Gut, kannst du mit der Info etwas anfangen, dass er zugezogen war?"

„Mit Sicherheit. Danke, Lukas."

„Warte mal kurz", hinderte er sie daran, direkt aufzulegen. „Ich werde im Moment einiges zu tun haben. Spätestens ab morgen Vormittag werden auch die Letzten in Heiligenwald von dem Mord erfahren haben. Dann wird es auf der Wache von Anrufen von Menschen, die angeblich alles gesehen hatten, wissen wer der Täter ist oder sonstigen Anrufern, nur so wimmeln."

„Woher weißt du das jetzt schon?"

„Wir wurden von der SOKO, die dafür gegründet wurde, darüber informiert. Die Kollegen kommen aus Saarbrücken, da die Beamten von dort mehr Ahnung haben, als wir auf dem Dorf. Hier werden nicht so oft Morde verübt, bei denen der Täter nicht bekannt ist. Sie meinten, dass wir ihnen damit helfen könnten, alles zu dokumentieren, was wichtig sein könnte."

Theresa schwieg. Sie wusste nicht, was sie sagen sollte.

„Ich würde dich gerne wieder sehen, aber wir sollten es auf nach dem Fall verschieben. Die nächsten Tage oder sogar Wochen werde ich leider nicht viel bis gar keine Zeit haben", sprach Lukas da einfach darauf los.
„Sehr gerne Lukas, darüber würde ich mich sehr freuen."
Sie verabschiedeten sich und legten auf. Theresa sah auf die Uhr. Es war zwanzig Minuten nach neun. Normal würde sie um diese Zeit niemanden mehr stören.
Allerdings wusste sie ganz genau, dass Hannelore noch wach war. Sie hatte ihr einmal erzählt, dass sie erst gegen ein Uhr nachts schlafen ging, da sie sonst mitten in der Nacht hellwach war. Außerdem hatte die ältere Dame mehr als einmal darauf hingewiesen, dass sie sie ruhig auch spät stören konnte.
Von diesem Angebot beschloss Theresa nun Gebrauch zu machen. Sie stand vom Sofa auf, schaltete den Fernseher aus und ging zur Tür, auf dem Absatz gefolgt von Rübchen.

„Möchtest du mit zu Hannelore rüber gehen?", fragte Theresa ihren Hund. Rübchen wedelte begeistert mit dem Schwanz und quetschte sich durch den Türspalt, sobald sie begann, die Tür zu öffnen. Bevor sie die Tür hinter sich zuzog, sah sie noch einmal mit einem kontrollierenden Griff in ihre Hosentasche, dass sie den Schlüssel auch eingesteckt hatte. Zwar hatte Hannelore einen Ersatzschlüssel für ihre Wohnung, weil sie direkt gegenüber von ihr wohnte und es Theresa schon einige Male passiert war, dass sie sich ausgesperrt hatte. Aber sie wollte auch nicht immer ausnutzen, dass Hannelore diesen hatte.

Sobald sie ihre Tür zugezogen hatte, öffnete sich schon die Gegenüberliegende. Rübchen hatte sie bereits angekündigt, indem sie mehrfach gegen die Tür gesprungen und mit den Vorderpfoten an dieser gekratzt hatte. „Hallo Liebes, wolltet ihr zu uns?", fragte die ältere Dame, während sie Rübchens Kopf tätschelte. Diese hatte sich an das Bein der Frau gestützt auf die Hinterpfoten gestellt.

„Hallo Hannelore, ja wir wollten tatsächlich zu dir. Ich habe ein paar neue Informationen in Bezug auf den Toten und hoffe, dass du mir vielleicht mit ein paar Informationen weiterhelfen kannst", erklärte Theresa ihr Anliegen.

„Dann komm rein, das Rübchen ist ja schon drinnen."

Theresa folgte der älteren Dame in ihre Küche. Dort nahm sie ein Glas und stellte es ihr hin. Theresa musste grinsen. Es war ein altes Senfglas mit Print. Es war wie bei ihrer Oma, die auch diese Gläser hatte. Ebenfalls stand eine Sprudelflasche auf dem Tisch.

„Bedien dich, wenn du Durst hast", sagte Hannelore und setzte sich Theresa gegenüber.

Die junge Frau nickte bloß schweigend. Rübchen hatte sich auf eine Decke, die Hannelore einmal für den Hund in der Ecke der Küche deponiert hatte, gelegt und seufzte auf, bevor sie die Augen schloss.

„Also Maad, dann informiere mich doch mal über dein Anliegen."

„Laut meinem Informanten ist der Tote ein Zugezogener."

Hannelore nahm selbst einen Schluck aus ihrem Glas und sagte dann: „Ich werde mal Pia rufen, vielleicht weiß sie, wer es ist." Hannelore stand auf und verschwand. Pia war Hannelores Enkelin, die in der Wohnung bei ihr lebte. Hannelores Wohnung war die Größte in dem Haus. Sie breitete sich über zwei Stockwerke aus und deshalb hatte die ältere Dame ihrer Enkelin, die gerade Anfang Zwanzig war und studierte, angeboten, bei ihr zu wohnen. So war sie nicht immer so allein, hatte sie sich Theresa einmal anvertraut.

„Pia", hörte sie Hannelore, die nun wohl von unten an der Treppe hoch rief.

„Ja, Omi?", kam prompt die Antwort. Leise tönte Musik im Hintergrund.

„Komm bitte mal kurz, ich habe ein paar Fragen an dich."

„Ok, Moment."

Hannelore kam kurz darauf wieder zu Theresa in die Küche.

„Sie kommt. Sie hat Besuch!", erklärte Hannelore ihr.

Kurz darauf steckte eine junge, dunkelhaarige Frau, fast noch ein Mädchen, ihren Kopf in die Küche.

„Hallo Theresa, du bist ja auch hier", sagte Pia mit einem verhaltenen Lächeln.

„Guten Abend Pia", grüßte die andere zurück.

Sie und Pia waren nicht eng miteinander. Sie waren in unterschiedlichen Freundeskreisen unterwegs. Pia war eine richtige Partymaus. Sie probierte gerne auch mal etwas aus. Im Gegensatz dazu war Theresa eher der ruhigere Typ, der am liebsten zu Hause war. In Theresas Augen war ihre Wohnung ihr Heiligtum, welches sie nicht unbedingt verlassen musste, wenn es nicht sein musste.

„Was kann ich für dich tun", fragte Pia neugierig, während sie sich neben Rübchen setzte und den Hund zwischen den Ohren kraulte.

„Es geht um den Toten", begann Theresa. „Ich dachte, dass du ihn vielleicht kennst. Er ist so etwa in den Dreißigern, dunkelhaarig und zugezogen. Mehr weiß ich leider nicht."

Pia schwieg. Nachdenklich starrte sie ins Leere. Kurz darauf murmelte sie: „Jens Meyer."

„Wer?", fragte Theresa.

„Jens Meyer, er ist ein Mitglied unserer Clique. Normal wäre er heute Abend auch da, ihn hat aber seit gestern Abend niemand mehr gesprochen."

„Der Mord heute Morgen ist sehr früh geschehen. Könnte Jens um so eine frühe Uhrzeit an den Weiher gekommen sein?"

„Er wohnt oben in der Försterstraße und geht jeden Morgen, bevor er zu arbeiten beginnt um vier Uhr joggen. Er läuft vom Fünffingerweg zum Weiher, einmal herum und wieder zurück. Das ist bei uns im Freundeskreis bekannt. Wer das noch weiß, kann ich dir allerdings nicht sagen."

„Danke, Pia. Das hilft mir schon viel weiter."

„Kein Problem. Braucht ihr mich noch? Ansonsten würde ich wieder hoch zu meinem Besuch gehen."

„Nein, das war alles, was ich wissen wollte. Danke!"

Pia nickte und ging dann nach oben. Auch Theresa erhob sich. Rübchen tat es ihr gleich.

„Vielen Dank, Hannelore. Ihr habt mir sehr weiter geholfen."

„Gerne, Liebes. Wenn du noch Fragen hast, scheue dich nicht, vorbeizukommen!"

Theresa nickte und machte sich dann auf den Weg zur Eingangstür, gefolgt von ihrem Pudel.

In ihrer Wohnung angelangt merkte sie, wie aufgekratzt sie nun war. Sie beschloss, noch etwas zu arbeiten. Zunächst machte sie sich einen Kaffee und ging anschließend in ihr Arbeitszimmer. Sobald sie an ihrem Schreibtisch saß, nahm sie ihren Laptop aus einer der Schreibtischschubladen. Sofort als das Gerät betriebsbereit war, öffnete sie einen ihrer Social-Media-Kanäle. Nun, da sie einen Namen hatte, hatte sie auch gute Chancen, mehr über Jens Meyer herauszufinden, als seinen Namen, seine Adresse und die Tatsache, dass er jeden Morgen zur selben Zeit joggen ging. Wobei, wenn Pia und Jens Freunde von dieser Gewohnheit wussten, konnte es sein, dass auch andere, fremde Menschen, davon gewusst hatten. In Kriminalfilmen und -serien hatte sie schon mehr als einmal gesehen, dass ein Mörder so größere Chancen hatte, den Mord zu planen. Aber sie hoffte, dass es ihr trotzdem etwas bringen würde, das zu wissen. Dann kam ihr Lukas wieder in den Sinn. Er hatte sie gebeten, sich bei ihm zu melden, wenn sie etwas wusste. Nach seiner Erklärung zuvor vermutete sie, dass er wahrscheinlich schon schlief, um fit für den morgigen Informationsschwall zu sein. Also schrieb sie ihm eine kurze Nachricht.

>Hey Lukas, ich habe gerade von einer meiner Quellen erfahren, dass ein gewisser Jens Meyer jeden Morgen gegen vier Uhr am

Weiher laufen gegangen ist. Ihn hat heute noch niemand gesehen.<

Entgegen ihrer Erwartung kam prompt seine Antwort: >Liebe Theresa, vielen Dank für die Info. Ich denke, dass das uns in der Tat weiterhilft.<

Theresa grinste. Das hieß, dass sie über den Richtigen recherchierte. So beschloss sie, weiterzumachen und zu schauen, was sie erfuhr. Zunächst scrollte sie durch unzählige Bilder und Verlinkungen, die ihn und viele andere Menschen, wohl Freunde, zeigten. Mal waren es dieselben, mal andere. Jedoch interessierten sie die Bildunterschriften mehr. Sie zog so viele Informationen daraus, wie nur gingen. Laut dem Internet war Jens Meyer ein sehr umtriebiger Mann gewesen. Viele Bilder zeigten ihn in Discos oder in Lokalen mit anderen Menschen. Auf anderen war er in Laufkleidung zu sehen. Auch Geschäftskleidung trug er auf dem einen oder anderen Bild. Theresa fasste für sich zusammen, dass der Mann ein beliebter oder zumindest umtriebiger Herr gewesen war.

Außerdem schien er ein ambitionierter Läufer gewesen zu sein. Es wirkte nicht, als hätte er Feinde gehabt. Jedoch war Theresa klar, dass in den sozialen Medien oft bloß die schönen Seiten des Lebens gezeigt wurden. Wie es dahinter aussah, wusste kaum jemand. Doch genau das war es, was sie herausfinden wollte, weil genau diese sie wahrscheinlich auf die richtige Fährte bringen würde. Um mehr Infos zu erhalten, wollte sie herausfinden, ob er eine Freundin hatte. Da dies nicht so schien, schaute sie nach Verwandten. Sie fand eine junge Frau, die er als Schwester verlinkt hatte. Theresa beschloss, ihr erst am darauffolgenden Tag zu schreiben, da sie nicht wusste, ob sie vom Tod ihres Bruders schon in Kenntnis gesetzt worden war. Sie nahm sich nun ein A4-Blatt aus dem Papierspeicher des Druckers und machte sich Notizen über ihr weiteres Vorgehen in den nächsten Tagen. Neben dem Vorhaben, mit Jens Meyers Schwester zu reden, wollte sie auch mal an Jens Wohnhaus vorbeigehen und den Weg abgehen, den der Mann täglich gejoggt war. Dann, als sie fertig war, sah sie auf die Uhr. Es war halb drei Uhr in der Nacht. Sie beschloss, ins Bett zu gehen und den nächsten Recherchetag zu beginnen, wenn sie wach wurde.

Kapitel 6

Was ist denn nur mit mir los? Normalerweise schaue ich mir die alten Bilder doch nie so lange an. Heute jedoch scheine ich etwas sentimental zu sein. Dieses eine Bild lässt mich einfach nicht mehr los. Es zeigt meine Mutter, Reiner und mich. Mutter trägt ein weißes Kleid und einen riesigen Strohhut. Reiner und ich sind nur mit einer Badehose bekleidet. Ich kann mich noch gut an den Tag erinnern, an dem dieses Bild entstanden ist. Wir hatten Urlaub an der Nordsee gemacht. Vater hatte, wie immer, nicht mitgewollt. Er hatte Urlaub für ein unnötiges Unterfangen erachtet. Dieses Mal jedoch hatten sich Mutter und Reiner durchgesetzt.

„Ich verdiene mittlerweile meinen eigenen Lohn und wir sollten es ausnutzen, dass die Grube mir im Moment noch etwas drauflegen würde", hatte er argumentiert.

Reiner hätte auch allein fahren können, doch er hatte mich nicht mit den beiden allein lassen wollen. Mutter hingegen hatte mich zu der Zeit nicht allein mit meinem Bruder, der gerade einmal 18 Jahre alt war, in den Urlaub fahren lassen. Damit war es beschlossene Sache. Wir sind in einen Kurort an der Nordsee gefahren, wie eine richtige Familie.

Tagsüber waren wir am Strand. Reiner war immer mit mir im Wasser. Mutter hatte im Strandkorb gesessen und gelesen. Oft hatten Reiner und ich Sandburgen und -schlösser gebaut. Dabei war Mutter uns manchmal auch behilflich.

An einem Morgen waren Reiner und Mutter bereits sehr früh auf den Beinen gewesen. Als ich um acht Uhr morgens in die Küche gekommen bin, hatte ich Mutter und Reiner gesehen, wie sie zusammen Brote gestrichen und Obst geschnitten hatten. Alles wanderte in einen schönen, geflochtenen Korb. Getränke hatten sie ebenfalls hineingepackt.

„Guten Morgen, Kurzer", hatte Reiner mich gegrüßt.

Er hatte mich immer „Kurzer" genannt, selbst, als ich nicht mehr so kurz war.

„Hallo Junge", hatte meine Mutter gemeint. „Geh dich umziehen. Bis dahin haben wir das Frühstück fertig."

Also bin ich wieder hoch, habe Kleider in meinem Zimmer geholt und bin anschließend ins Bad gegangen. Als ich wieder in die Küche gekommen bin, war der Frühstückstisch bereits vollständig. Ich hatte mich hingesetzt und auf Mutter und Reiner gewartet. Bevor Letzterer sich setzte, stellte er mir eine Tasse hin.

„Kakao", hatte er mir erklärt. „Mach aber bitte langsam. Er ist noch heiß!"

Über das Frühstück hatte ich nicht schlecht gestaunt. Solch eines hatten wir schon ewig nicht mehr gehabt. Es gab Eier, Marmelade, Butter, Obst, Brötchen, Wurst, Käse sowie Orangensaft, Kaffee und Tee. Es war fast wie im Film, bloß, dass es echt war. Erst hatten wir in aller Ruhe gefrühstückt. Ich hatte nicht viel um mich herum mitbekommen, war viel zu sehr auf mein Essen fokussiert. So gut hatte ich noch nie zuvor gefrühstückt und danach auch nie mehr.

Nach dem Frühstück hatten wir gemeinsam aufgeräumt. Anschließend hatten wir unsere Sachen für den Strand gepackt und sind dahin gegangen. Vor Ort gingen wir zu dem Häuschen, an dem man Strandkörbe buchen konnte. Reiner hatte Mutter jeden Tag einen Strandkorb gebucht. In diesem hatte sie sich gesetzt und gelesen. Mutter hatte den Korb zu sich in den Strandkorb gestellt. Ich wollte unbedingt ins Meer. Da Reiner nicht wollte, dass ich allein ging, ist er mit mir gekommen. Wir sind ewig im Wasser gewesen, geschwommen, hatten eine riesige Wasserschlacht gemacht und sind, als es kalt wurde, raus gegangen. Am Strand hatten wir uns trocken gerubbelt und uns anschließend zum Trocknen auf die Handtücher in die Sonne gelegt. Irgendwann kam Mutter mit dem Korb zu uns. Wir hatten die Handtücher zusammengezogen und das Picknick aus dem Korb gepackt. So ein gutes Picknick hatten wir noch nie gehabt.

Eigentlich hatten wir noch nie zuvor ein Picknick gehabt.

Leider gab es auch nie wieder die Möglichkeit, dass wir erneut ein Picknick hätten machen können.

Kapitel 7

Der nächste Tag begann für Theresa erst gegen elf Uhr. Zuerst beschloss sie, den Kontakt zu Hannelore wieder aufzunehmen, um zu erfahren, ob ihre Enkelin vielleicht die Nummer von Julia Meyer, der Schwester des Toten, hatte. Das würde ihr einiges an Zeit ersparen. So ging sie sofort hinüber und klingelte.

„Theresa, Liebes. So rasch hätte ich nicht mit dir gerechnet, um ehrlich zu sein. Was kann ich für dich tun?"

„Guten Morgen, Hannelore. Ich bin gestern auf Jens Meyers Schwester gestoßen und wollte jetzt eigentlich Pia fragen, ob sie die Nummer von ihr hat", sagte Theresa, während sie in die Küche der älteren Dame gingen.

„Warte, Liebes. Ich schaue mal, ob sie schon wach ist", sagte Hannelore und verschwand.

Theresa hörte, wie die ältere Dame die Treppe hochstieg und kurz darauf schon wieder zurückkehrte.

„Sie kommt gleich", berichtete Hannelore. „Kann ich dir vielleicht etwas zu Trinken anbieten?"

„Ein Kaffee wäre toll. Ich habe eine lange Nacht hinter mir", brummte Theresa, die trotz der mehreren Stunden Schlaf ziemlich geschlaucht war.

Hannelore nickte und stellte ihre Filtermaschine an. In der Zwischenzeit stellte sie Zucker und Milch, sowie drei Tassen auf den Tisch.

„Pia wird gleich auch einen brauchen", erklärte Hannelore knapp.

Kurz darauf hörte man auch schon schwere Schritte, die langsam die Treppe hinunter tapsten.

„Guten Morgen", brummte eine sehr zerknautscht aussehende Pia, die im Türrahmen auftauchte.

Sie hob den Zeigefinger, um zu deuten, sie nicht anzusprechen, setzte sich, zog sich eine Tasse und die Kaffeekanne, die mittlerweile auf dem Tisch stand, zu sich und schenkte sich ein. Nachdem sie ausreichend Milch und Zucker hinein gekippt hatte, trank sie ein paar große Schlucke. Danach gähnte sie noch einmal ausgiebig, was ihre Großmutter mit dem Verdrehen ihrer Augen kommentierte und fragte anschließend: „Was kann ich für dich tun?"

„Hast du zufällig die Nummer von Jens Schwester Julia?", kam Theresa direkt auf den Punkt, da Pia genauso fertig aussah, wie sie sich fühlte.

Pia zog ihr Handy aus der Tasche des Bademantels, den sie offen über ihrem Schlafanzug trug und suchte in ihren Kontakten.

„Hier", sagte sie und schob Theresa das Handy hin.

Theresa zückte ihr eigenes Gerät und speicherte sich die Nummer ab.

„Danke, Pia", sagte sie.

„Kein Problem", entgegnete diese und erhob sich bereits wieder. „Wenn ihr mich dann nicht mehr braucht, würde ich noch eine Runde schlafen. Danke für den Kaffee, Oma!"

„Gerne Kind, gute Nacht!"

Auch Theresa erhob sich.

„Es tut mir leid, Hannelore, aber ich muss weiter. Ich muss noch den Weg abgehen, den Jens Meyer jeden Morgen gejoggt ist", sagte sie zu Hannelore.

„Kein Problem, Kind. Dann kommst du die Woche mal vorbei, wenn du mehr Zeit hast. Schließlich musst du mir doch noch berichten, was jetzt genau mit dem Mann passiert ist", sagte die ältere Dame und zwinkerte ihr zu.

Theresa stand auf und verdrehte die Augen. Sie ging und holte noch Rübchen ab, die sie anzog. Danach machten sie sich auf den Weg, die Itzenplitzstraße hoch, rechts die Wemmetsweilerstraße weiter bis zum Saxenkreuz, dort links noch ein Stück weiter vorbei an der Landstraße entlang, die sie an der Kreuzung überqueren mussten. Sobald sie an dem Stein des Fünffingerwegs vorbei gegangen waren, blickte Theresa noch einmal auf die dort angebrachte Karte mit den Wanderwegen, die von diesem Punkt aus abgingen. Anschließend wanderte sie mit Rübchen los. Auf dem Weg begegnete ihnen kaum jemand. Die Seiten des Weges waren voller Bäume, vereinzelt sah sie alte Grubenhäuser und Bauten, die noch aus der Zeit stammten, in der hier noch Kohle abgebaut worden war. Irgendwann schimmerte der Weiher durch die Bäume. Nun wusste Theresa, dass es nicht mehr weit war. Sobald sie den Weiher an der „Insel" erreichten, ging sie mit Rübchen zu den Bänken. Sie setzte sich auf eine, den Blick auf den Weiher gerichtet. Rübchen sprang vor sie und kuschelte sich an sie. Entspannt blickte Theresa auf das ruhige, von der Sonne glitzernde, Wasser. Sie konnte es einfach nicht fassen, dass in solch einer friedvollen Umgebung eine so schreckliche Sache, ein Mord, passiert ist. Das Sonnenlicht der frühen Mittagssonne glitzerte auf den Wellen. Auch das

„Bumbeheisje" stand am Weiher als feste Instanz, stummer Wächter, dem nichts ausbleibt, was an seinem Weiher geschieht. Ein paar Momente genoss sie noch die Sonne, bevor sie ihr Handy aus ihrer Handtasche nahm und die Nummer von Julia Meyer wählte. Das Freizeichen ertönte und nach einem dreimaligen Tuten knackte es und eine dünne Frauenstimme fragte zittrig: „Ja?"

„Hallo, mein Name ist Theresa Rosengarten. Spreche ich mit Julia Meyer?", erwiderte Theresa und wusste bereits jetzt, dass ihr Gegenüber über Jens Tod Bescheid wusste.

„Ja, wer sind sie?"

„Das ist schwer zu erklären. Ich bin eine Heiligenwalderin, die gerne mehr über Ihren Bruder erfahren möchte. Ich will auf keinen Fall, dass Sie das jetzt falsch auffassen, aber ich hoffe, vielleicht etwas zu den Umständen seines Todes herausfinden zu können."

„Was wissen Sie schon? Ich meine außer seinem Namen und meinem?"

„Zum einen, dass er beliebt war, viele Freunde hatte und ein ambitionierter Läufer war. Außerdem weiß ich, wo er immer laufen war. Viel mehr weiß ich tatsächlich leider nicht."

Ein Seufzen kam durch den Hörer. Theresa dachte, dass die Frau jetzt auflegen würde, doch dann fragte Julia: „Wo sind Sie gerade?"

„Am Weiher, wieso fragen Sie?"

„Ich bin im Moment in der Wohnung meines Bruders. Die Polizei war hier, um zu schauen, ob... ob es Hinweise gibt, wieso er, naja, wie es passiert ist. Kommen Sie doch her, dann können wir reden."

„Ok, schicken Sie mir die Adresse einfach auf diese Nummer. Ich bin in etwa zehn Minuten bei Ihnen."

Damit hatte Julia Meyer aufgelegt. Theresa steckte ihr Telefon wieder weg und machte sich mit Rübchen auf den Weg zu ihrer Wohnung. Theresa beschloss, ihren Hund zuhause zu lassen, da sie nicht wusste, wie Julia auf Rübchen reagieren würde.

Außerdem war der Hund von dem weiten Laufen bestimmt müde. Oben zog Theresa den Hund schon in der Tür aus, ließ sie reinlaufen und ging wieder. Unten beschloss sie, mit dem Auto
zu fahren, da sie fand, dass auch sie genug gelaufen war.

In der Försterstraße fuhr sie zu einem der Zweifamilienhäuser im oberen Drittel der Straße. Sie parkte vor dem Haus, ging an die Tür und drückte auf die Klingel neben dem leicht verblichenen Namensschild mit der Aufschrift J. Meyer. Kurz darauf wurde die Tür von einer jungen Frau geöffnet. Sie war im Gegensatz zu ihrem drahtigen, sehr schmalen, durchtrainierten Bruder eher etwas rundlich. Sie hatte leicht gewelltes, dunkelbraunes Haar und war sehr modisch gekleidet. Sie hatte dieselben, stechend grünen Augen wie ihr Bruder, die momentan jedoch sehr wässrig waren.

„Frau Rosengarten?", fragte die junge Frau sie mit dünner Stimme.

„Theresa bitte", entgegnete sie mit einem warmen, mitfühlenden Lächeln.

„Gerne, ich bin Julia. Komm bitte rein. Wir müssen in den ersten Stock."

Theresa trat ein und ließ Julia den Vortritt. Diese ging hoch bis auf den Vorsprung im ersten Stock und sperrte die Tür mit dem Schlüssel, der von außen steckte, auf. Vom kleinen Flur, in den sie traten, aus, gingen sie nach rechts in eine überschaubare Küche. Dort setzten sie sich an einen kleinen Tisch.

„Kaffee?", fragte Julia.

„Gerne", entgegnete Theresa.

Julia aktivierte die Padmaschine. Während diese sich aufheizte, nahm sie Milch, Zucker und Löffel. Diese stellte sie auf den Tisch. Sobald sie beide eine Tasse dampfenden Kaffee vor sich stehen hatten, sagte Julia:

„Es tut mir leid. Mein Bruder legte nicht viel Wert auf den Kaffee. Die Hauptsache für ihn war, dass er warm und koffeinhaltig war."

Theresa schüttelte lächelnd den Kopf. Sie war zwar auch Besitzerin eines Kaffeevollautomaten, doch so schlecht fand

58

sie solche Padmaschienen auch nicht.
Gerade als sie noch am Anfang gestanden
und recht wenig Geld zur Verfügung gehabt
hatte, war eine solche Maschine besser
gewesen als nichts.

„Entschuldige", sagte Julia da. „Ich weiß, es
ist albern über so etwas zu sprechen, aber,
ach, ich weiß ja auch nicht."

„Ist schon in Ordnung", erwiderte Theresa
verständnisvoll. „Jeder trauert auf seine
Weise. Vielleicht ist das ein
Schutzmechanismus, dass du mir solche,
eigentlich belanglose Dinge erzählst."

Julia liefen die Tränen. Sie flüsterte: „Danke!"
Danach vergrub sie ihr Gesicht in einem
Taschentuch und schluchzte bitterlich.

Theresa ließ ihr die Zeit, sich zu beruhigen.
Nachdem Julia sich beruhigt und kurz im Bad
kaltes Wasser ins Gesicht gespritzt hatte,
setzte sie sich wieder.

„Ich weiß auch nicht genau. Eigentlich waren
Jens und ich in der letzten Zeit nicht mehr so
eng miteinander gewesen. Er hatte sich von
mir zurückgezogen. Früher war ich

gelegentlich hier, aber in den letzten Monaten nicht mehr. Er wollte nicht, dass ich kam, auf die Frage wieso, kam keine Antwort. Wahrscheinlich hatte er Angst, dass ich meinen neuen Freund mitbringe. Sie waren sich nicht wirklich sympathisch. Ich bin gar nicht mehr mit ihm zusammen. Ich glaube, Jens wusste es nicht", auf diese Worte folgte eine Pause.

Theresa ließ Julia eine Pause zum Durchatmen. Nach Kurzem sagte sie: „Weißt du vielleicht, ob er Feinde hatte? Rivalen auf der Arbeit oder im Privatleben? Vielleicht um die Liebe einer Frau zu gewinnen?"

„Nein, Jens war überall durchaus beliebt. Soweit ich weiß, hat er von zuhause aus gearbeitet. Er ist aber in seiner Freizeit viel weggegangen."

„Weißt du, wieso Jens immer so früh laufen gegangen ist? Ich meine vier Uhr dreißig ist wirklich sehr früh. Gegen sechs Uhr wäre für mich persönlich auch zu früh, aber bestimmt eine vertretbarere Zeit für die meisten."

„Er war total diszipliniert. Seit Jahren ging sein Wecker um drei Uhr fünfzig morgens. Dann hat er sich angezogen und ist gegen vier Uhr dreißig losgelaufen. Er hat vor der Arbeit immer trainiert. Normal ging er um sechs Uhr ins Homeoffice. Als ich ihn gefragt hatte, wieso er das tat, meinte er, dass er so noch viel vom Tag haben würde, wenn er morgens arbeitete. Das Laufen vor dem Arbeiten hatte er gemacht, um den Kopf frei zu haben."

Theresa nickte. Jens Meyer schien ein Morgenmensch gewesen zu sein, ein so genannter früher Vogel. Im Gegensatz dazu war sie eine Nachteule. Sie beschloss, Jens Schwester genug zugemutet zu haben.

„Vielen Dank für deine Zeit, Julia. Ich denke, dass ich nun mehr weiß. Ich würde mich von dir verabschieden. Falls mir doch noch etwas auf der Seele brennt, darf ich dann vielleicht schreiben?"

„Natürlich, ich bringe dich noch raus."

Vor der Tür verabschiedeten sie sich. Bevor Theresa losfuhr, notierte sie die Dinge, die

sie von Julia erfahren hatte, in der
Notizfunktion in ihrem Handy.

Kapitel 8

Hier liegt er, in kompletter Ruhe. Ich gehe gerne nachts zum Weiher. Dann treffe ich niemanden. Ich habe keine Lust auf andere Leute zu treffen. Normal ging es in den Gesprächen immer um Reiner oder meine Eltern. Das waren beides Themen, über die ich mich nicht austauschen möchte.

Früher haben wir jeden Sommer hier verbracht, drüben an der Insel. Reiner hatte sich oft mit seinen Freunden getroffen und mich immer mitgeholt. Ich war immer froh gewesen, wenn ich mal etwas anderes gesehen hatte als unser Haus. Außerdem hatte ich mich immer gut gefühlt, wenn ich mit den Älteren unterwegs sein durfte. Alle waren nett zu mir. Keiner von ihnen hatte gesagt, dass ich seltsam wäre. Ob sie sich bloß nicht wegen Reiner trauten etwas zu sagen oder sie mich wirklich gemocht hatten, wusste ich nicht. Das hatte mich allerdings nicht gestört. In einem Sommer hatten wir uns alle gemeinsam an der Insel getroffen. Einige Mädchen hatten etwas zu Essen mitgebracht. Wir hatten die Decken zusammengelegt und gemeinsam gegessen. Anschließend sind wir mit ein paar Leuten in den Weiher gesprungen. Einer der Jungen hatte mich auf seine Schultern genommen, ein anderer machte dasselbe mit einem der Mädchen und wir begannen einen Rangelkampf. Sie war bestimmt einen Kopf größer als ich, doch ich war stärker. Einen Moment konnte sie sich halten, doch dann flog sie ins Wasser, dass es bloß so spritzte. „Mein Junge, bist du stark! Das würde man dir auf den ersten Blick gar nicht zutrauen", hatte das Mädchen gesagt und schallend gelacht.

Ich war sehr stolz gewesen. Der Junge, der mich auf den Schultern hatte, hatte mich sogar zur Picknickdecke getragen. Ich war mir vorgekommen wie ein Held. Alle hatten sich mit mir über meinen Sieg gefreut. So viel Spaß, wie mit Reiner und seinen Freunden hatte ich sonst nie gehabt.

Kapitel 9

Ein tiefes Seufzen entwich Theresas Mund.
Sie wusste nicht mehr weiter. Alles schien im
Sand zu verlaufen. Ihr gingen die Ideen aus.
Vielleicht sollte sie es einfach der Polizei
überlassen und ihren nächsten Teil vom
„Helljewalder Trootsch" beginnen. Da machte
es Klick. Sie sollte sich vielleicht mit der
Vergangenheit befassen, um einen Mord im
Hier und Jetzt zu lösen. Die Neugier und
Spannung brannten in ihrem Kopf und es
kribbelte in ihren Fingern, als sie den Laptop
öffnete. Im Zuge ihrer Recherchen hatte sie
vor anderthalb Jahren alles rund um
Heiligenwald eingescannt. Seien es
Heimatblätter, Chroniken oder andere
Dokumente. Sie hatte eine riesige Sammlung
von tausenden von Seiten, auf denen alles
Mögliche stand. Zwar war ihr klar, dass es
bestimmt ein Schuss ins Blaue war, aber sie
musste es versuchen. Sie suchte nach
Gewaltverbrechen rund um die Grube und
Angestellte dieser. Außerdem schaute sie
nach Morden und Selbstmorden von

Menschen, die eine Steigerkluft trugen. Sie las alles Mögliche über Grubenunglücke, die Sagen des Ortes Heiligenwald, wie der Schinnerhannes, der auf seiner Flucht durch den Wald geschnappt worden war oder wie das Saxenkreuz entstanden ist. Ein Seufzen entfuhr ihr, als sie bereits gefühlt tausend Seiten überflogen hatte. Die nächste Datei, die sie öffnete, befasste sich mit der Schließung der Grube Reden. Neben einigem Bürokratischen und Belobigungen, gab es auch Zeitungsberichte, die immer wieder beigefügt worden sind. Gerade klickte sie auf die nächste Seite, als eine Todesanzeige ihre Aufmerksamkeit auf sich zog.

„Tod aus Verzweiflung

In den frühen Morgenstunden des 14. Oktober 1994 wurde der 20-jährige Reiner G. tot aufgefunden. Er hatte sich mit dem Fuß am Schornstein der Grube Reden aufgehangen. Er hinterlässt seine trauernden Eltern und seinen kleinen Bruder Achim. Wir drücken der Familie unser herzliches Beileid aus."

Erneut kribbelte es in Theresas Fingern. Sie beschloss, rüber zu ihrer Nachbarin zu gehen.

„Hallo Theresa", begrüßte sie Hannelore, als sie die Tür geöffnet hatte.

„Hallo Hannelore, ich habe eine Frage", entgegnete die junge Frau.

„Komm doch rein."

„Nein, ich habe nicht viel Zeit, also zur Sache. Sagt dir der Name Reiner G. etwas? Ich bin in meinen Unterlagen rund um den Ort über seine Todesanzeige gestolpert und suche jetzt einen seiner Angehörigen, der noch lebt. Laut dem Artikel, den ich gefunden hatte, hatte er noch einen Bruder, Achim."

„Ach, die Güthlers, eine ganz arme Familie!"

„Du kennst sie?"

„Ja, ich war zwar ein paar Jahre älter als Reiner, aber mein Bruder war mit ihm befreundet. Sie sind damals in derselben Klasse gewesen."

„Aber wieso sagst du, dass die Familie arm ist, Hannelore?"

„Naja, der Vater von Achim und Reiner war gewalttätig. Die Mutter sah immer aus wie ein Christbaum, so viele blaue und grüne Flecken hatte sie. Achim hatte nur seinen Bruder als Beschützer und dann hat dieser sich umgebracht. Aber als wäre das nicht genug, sind seine Eltern kurz darauf auch verschwunden."

„Und Achim?"

„Er hat eine Zeit lang in Neunkirchen auf der Hütte gearbeitet, aber dann ist er irgendwann nicht mehr hin und hat sich in seinem Elternhaus verschanzt. Er wohnt ganz in der Nähe, in der kleinen Kolonie am Pingenpfad links runter."

„Wie alt ist er eigentlich?", fragte Theresa nachdenklich.

„Er müsste jetzt 43 Jahre alt sein."

„Und er lebte allein seit dem Verschwinden seiner Eltern? Er war doch erst 14 Jahre alt."

„Schon, aber es war Mitte der Neunziger. Da waren die Themen Jugendamt und Jugendschutz noch nicht so präsent, wie es heutzutage ist."

Ein Schweigen von beiden Seiten folgte, bis Theresa nachdenklich meinte: „Vielleicht besuche ich ihn mal."

„Pass aber bitte auf, er ist etwas verrückt geworden, nachdem das alles passiert ist."

„Versprochen!"

Kapitel 10

Der nächste Morgen begann für Theresa mit einem genauen Plan. Sie wollte zu Achim Güthler gehen und mit ihm reden. Vielleicht hatte er Hinweise. Immerhin ist Jens Meyer ähnlich umgebracht worden, wie dessen Bruder sich umgebracht hatte. Rübchen hatte sie zu Hause gelassen, da sie nicht wusste, wie der ihr unbekannte Mann auf den Hund reagieren würde.

Sie hatte sich auf den Weg in die Siedlung begeben und machte sich auf die Suche nach Achim Güthlers Elternhaus. Da es eine recht kleine Siedlung war, wurde sie dort auch schnell fündig. Mit einer etwas zittrigen Hand drückte sie die Türklingel. Nach kurzer Zeit öffnete sich die Tür und ein hagerer, alter Mann blickte ihr entgegen. Laut Hannelore war dieser Mann erst Anfang 40, doch er sah mindestens zwei Jahrzehnte älter aus.

„Jo?", fragte er verwirrt.

„Guten Morgen, Herr Güthler. Mein Name ist Theresa Rosengarten. Ich hätte ein paar

Fragen an Sie bezüglich des Mordes, der vor ein paar Tagen oben am Eingang des Pingenpfads geschehen ist", entgegnete Theresa auf die Frage des Mannes.

„Dann komme Se mo erinn. Isch wees zwar nedd, was isch do sahn soll, awwa gugge ma mo."

Mit einer einladenden Handbewegung bat er sie herein. Theresa trat mit einem gewissen Unbehagen in die Diele. Der Mann lotste sie nach rechts in das Wohnzimmer. Dort setzte sie sich auf das Sofa, das bestimmt bereits so alt war wie Achim. Stumm blickte sie sich um. Überall lag dick der Staub. Es wirkte fast, als würde Theresa sich in einer Zeitkapsel befinden.

„Wolle Se was trinke?", rief Achim aus der Küche, die an das Wohnzimmer grenzte. Theresa versuchte, tief einzuatmen, was bei der Müffeligen Luft schwerfiel. Mit der Angst, dass auch die Küche aussah, wie ein Panoptikum, sagte sie höflich: „Nein, danke. Ich bin nicht durstig."

Kurz darauf trat der Mann ins Wohnzimmer und setzte sich ihr gegenüber auf den

Sessel. Er stellte sein undurchsichtiges Glas auf den alten Fliesentisch, wie auch ihre Großmutter ihn besessen hatte, der zwischen Theresa und Achim stand.

„So", sagte der Mann und lehnte sich im Sessel zurück. „Was wolle Se von ma wisse?"

„Ich hoffe, dass ich Ihnen mit meinen Fragen nicht zu nahe trete. Es geht um den Selbstmord Ihres Bruders Reiner."

Sofort änderte sich Achims Körperhaltung, sobald der Name seines Bruders fiel. Er setzte sich nach vorne gebeugt und stützte sein Kinn auf die gefalteten Hände. Sein gesamter Körper war angespannt.

„Dann froe Se mo", sagte er mit bedrückter Stimme.

„Sagen Sie bitte einfach, wenn es zu viel für Sie wird", meinte Theresa und sprach weiter, sobald Achim bestätigend genickt hatte.

„Nun, Sie wissen ja sicherlich von dem Toten. Er wurde ähnlich aufgefunden wie Reiner. Allerdings war es bei Jens Meyer Mord, im Gegensatz zu Ihrem Bruder. Wissen Sie, wieso Reiner es getan hatte?"

Ein trauriges Auflachen entfuhr Achim. Er blickte zu Theresa und begann zu erzählen: „De Reiner unn isch ware eigentlisch immer uff uns alleen gestellt gewehn. De Vadder war dauernd besoff unn cholerisch. Die Mudder, Sie siehn ra werklisch ähnlich, hott immer gespuhrt. Do war kee Platz für uns. De Reiner is de Versorscher gewehn unn hott deshalb sei Ruh unn uff misch hotter immer uffgepasst. Der hott sei Aawet geliebt, sei Uniform war wie e Heilischdum unn als er erfahr hott, dass das nemme is, is was im gestorb. Das hotter nemme kenne aushalle."

„Das tut mir sehr leid", sprach Theresa mit weicher Stimme.

Achim blickte sie an. Seine Augen glitzerten leicht.

„Was dud da leed, Mudder?", fragte Achim mit einer Stimme, die heller war als zuvor.

„Herr Güthler, ich bin nicht Ihre Mutter. Ich bin es, Theresa Rosengarten", versuchte Theresa den Mann aus seiner Vorstellung zu ziehen.

„Heer uff, du schwedscht Quatsch!", widersprach Achim.

„Ich muss jetzt gehen", versuchte Theresa sich aus der Situation zu retten. Sie stand auf und ging zur Diele.

Sie stand bereits vor der Tür, als sie einen dumpfen Schmerz am Hinterkopf verspürte und alles schwarz wurde.

Kapitel 11

Lukas seufzte verzweifelt auf. Er hatte bereits den ganzen Tag versucht, Theresa zu erreichen. Er machte sich Sorgen, dass sie sich mit ihren Recherchen auf eigene Faust in Gefahr gebracht hatte. Er hatte sich auf den Weg zu ihrer Wohnung gemacht und stand nun vor dem Haus. Er drückte mittlerweile zum dritten Mal auf die Klingel, doch sein Klingeln blieb unbeantwortet. Mit einem Seufzen überlegte er, was er nun tun sollte. Er beschloss, bei einem der Nachbarn zu klingeln. Kräftig drückte er auf die Klingel, die unter Theresas Namen stand. Der Summer ging. Er machte sich auf den Weg in den zweiten Stock. Eine ältere Dame stand vor ihm.

„Ja, bitte? Was kann ich für Sie tun?", fragte die Dame.

„Guten Tag, mein Name ist Lukas Jung, ich bin ein Freund von Theresa. Ich versuche sie schon seit gestern zu erreichen, aber sie reagiert weder auf Anrufe noch auf Textnachrichten. Offenbar ist sie auch nicht zu Hause. Können Sie mir vielleicht weiterhelfen?"

„Kommen Sie doch erst einmal rein. Ich bin die Hannelore. Theresa ist nicht nur meine Nachbarin, sondern auch eine gute Bekannte."

Lukas trat in die Wohnung ein und die ältere Dame lotste ihn direkt in die gemütliche Küche. Dort setzte er sich auf einen Stuhl und sie schob ihm eine Tasse Kaffee hin.

„Milch? Zucker?", fragte sie und nahm beides aus dem Schrank und Kühlschrank hervor, bevor Lukas überhaupt antworten konnte. Lukas schüttelte dankbar den Kopf und nippte an seinem Kaffee.

„Also", begann Hannelore. „Wieso wollen Sie mit Theresa denn so dringend reden?"

„Ich mache mir Sorgen, dass Sie wegen des Toten und ihren Ermittlungen rund um den Fall in etwas geraten ist, das für sie gefährlich würde."

„Und wieso wissen Sie das alles so genau?"

„Nun ja, ich bin Polizist."

Hannelore nickte. Als die Dame schwieg, kam Lukas ein Einfall.

„Was ist eigentlich mit dem Hund?", fragte Lukas Hannelore.

„Im Normalfall nimmt Theresa Rübchen überall hin mit", erwiderte Hannelore.

„Und wenn nicht? Vielleicht sollte ich den Vermieter nach dem Schlüssel fragen, nur um sicherzugehen."

„Nicht nötig, ich habe einen Zweitschlüssel. Den hat Theresa mir gegeben, nachdem sie sich zum dritten Mal in kurzer Zeit ausgesperrt hatte."

Hannelore ging in den Flur der Wohnung. Lukas folgte ihr. Sie nahm von einer Kommode einen einzelnen Schlüssel und ging, gefolgt von Lukas, in den Hausflur. Sie schloss die Wohnungstür, welche ihrer gegenüber lag, auf. Bereits als die Tür sich bloß einen Spalt geöffnet hatte, sah man direkt eine Schnauze aus der Wohnung spitzen. Sobald die Tür offen war, schlüpfte Rübchen an den beiden vorbei und rannte die Treppen runter. Lukas, der sofort Leine und Halsband an der Tür hängend sah, schnappte diese und folgte der Hündin.

Sobald Rübchen sich erleichtert hatte, ging er wieder hoch. Hannelore hatte in der Zwischenzeit Rübchens Näpfe zu sich in die Wohnung geholt.

„Ich nehme Rübchen zu mir, bis Theresa wieder da ist", sagte sie und nahm Lukas den Hund ab. Anschließend ging er in die Wohnung und sah sich dort um. Seiner Ansicht nach sah es nicht aus, als sei Theresa entführt worden. Er durchquerte das Schlafzimmer und entdeckte hinter einer offenen Tür Theresas Büro. Dort las er sich Theresas Notizen an der Wand durch und wollte gerade den Laptop durchsuchen, ob er dort Anhaltspunkte zu ihrem Aufenthaltsort fand, als er auf einen Klebezettel stieß, der mitten auf den Bildschirm des Laptops geklebt war. Auf dem Zettel stand bloß ein Name: „Achim G.". Mit der Notiz in der Hand ging er hinüber zu Hannelore.

„Und, haben Sie etwas gefunden?", fragte Hannelore aufgeregt, das ebenso alarmierte Rübchen um die Beine springend.

„Nur diesen Zettel, vielleicht können Sie ja etwas damit anfangen", erwiderte er und übergab ihr den Zettel.

Die Dame schaute auf den Zettel und sagte: „Ach, der Achim. Nach dem hat mich Theresa gestern auch gefragt."

Lukas, beeindruckt von Hannelores noch sehr scharfen Augen, für ihr Alter, nickte ermutigend.

Ein Schmunzeln ging über ihre Lippen. Sie deutete auf ihre Augen und sagte: „Seit sie mir den grauen Star entfernt haben, sehe ich gestochen scharf."

Lukas, der nicht unhöflich sein wollte, nickte erneut. Daraufhin blickte Hannelore ihn an und begann damit, ihm zu erzählen, was sie am Tag zuvor gesagt hatte. Als sie mit dem Erzählen fertig war, läuteten in Lukas Kopf bereits die Alarmglocken.

„Wo ist das Haus genau von hier aus?", fragte er mit bebender Stimme.

„Sie gehen zum Bogen, an dem der Tote gehangen hat. Oh, Entschuldigung, das war pietätlos. Doch von diesem Ort aus müssen Sie links den Weg herunter zu der kleinen

Kolonie. Dort wohnt er in seinem Elternhaus."

„Gut, ich werde Herrn Güthler einen Besuch abstatten. Vielleicht kann er mir ja weiterhelfen."

„Bitte seien Sie vorsichtig. Achim ist nicht mehr so, wie er vor dem Tod seines Bruders und dem Verschwinden seiner Eltern war."

Lukas nickte bloß und machte sich auf den Weg. Er nahm kaum etwas um sich wahr, hörte das Blut in seinen Ohren rauschen. Er fand schnell den Weg zu Achim Güthlers Haus. Zielstrebig drückte er auf die Klingel. Ein ersticktes Ringen war zu hören. Es dauerte etwas, bis sich eine Silhouette im Glas der Haustür abzeichnete.

„Jo?", sagte Achim Güthler, sobald er die Tür geöffnet hatte.

„Guten Tag, Herr Güthler. Mein Name ist Lukas Jung. Ich bin...", er überlegte kurz, ob er sich als Beamter zu erkennen geben sollte, doch beschloss, es sein zu lassen. „Ich bin ein Freund von Theresa Rosengarten. Sie wollte gestern zu Ihnen, um mit Ihnen zu reden. Jetzt haben weder ich, noch andere Bekannte von ihr etwas von ihr gehört und beginnen uns Sorgen zu machen. War sie gestern bei Ihnen?"

Der hagere, alte Mann blickte zu Lukas und sagte dann: „Jo, die war do. Awwa se is no korzer Zeit wedda gang. Wohin wees isch awwa ned."

Da drang ein Rumsen von oberhalb der Decke nach unten, gedämpft von Holz und Gips.

„Haben Sie Besuch?", fragte Lukas ihn.

Der Blick Güthlers drückte für einen Moment Panik aus. Dann jedoch sortierte er schnell seine Gesichtszüge und sagte: „Nee, das is e altes Haus, das is äller als isch! Do heert sisch das so aan."

Lukas nickte bloß. Er konnte nicht einfach in das Haus stürmen.

„Is noch was? Isch müsst jetzt wedda", sprach Achim mit genervtem Unterton und riss Lukas aus seinen Gedanken.

„Natürlich, ich gehe. Vielen Dank!"

Mit diesen Worten ging Lukas. Als die Tür jedoch hinter ihm zufiel, machte er sich daran, sich einen Beobachtungsort zu suchen. Er konnte es nicht benennen, doch er hatte das Gefühl, dass etwas nicht stimmte.

Kapitel 12

Achim stürmte in den Raum, in dem Theresa gefesselt an einem Stuhl saß.

„Was machsche dann?", fragte er Theresa vorwurfsvoll.

„Lassen Sie mich bitte gehen", bat sie mit schwacher Stimme und versuchte, nicht allzu weinerlich zu klingen.

„Ach Mudder, das geht nedd. Du musch bei mir bleiwe!"

„Ich bin nicht Ihre Mutter, mein Name ist Theresa Rosengarten!"

Zack, schon hatte sie sich eine Backpfeife eingefangen.

„Bitte Herr Güthler, ich..."

Und erneut knallte seine Hand in ihr Gesicht. Bei dieser Berührung platzte ihre Lippe auf.

„Ach Mudder, hott de Vadder wedder e schlechter Daach?", wurde Achim wieder weicher in der Stimme.

Theresa merkte, dass sie so, wie sie im Moment vorging, nicht weiterkam. Also beschloss sie, einfach mitzuspielen.

„Ja, mein Liebling. Ihm ging es heute nicht so gut", entgegnete sie auf seine Frage.

„Der is jetzt bestimmt in de Kneip, dann muss isch die Naacht wedder beim Reiner schloofe."

Theresa nickte bloß. Sie hoffte, dass dies Achim als Antwort genügen würde.

Zumindest schlug er nicht erneut zu.

„Du hasch bestimmt Dorscht unn Hunger. Isch gehen da mo was holle", sagte er sanft und verließ den Raum.

Theresa atmete tief durch. Sie musste schauen, dass sie sich befreite, am besten, bevor Achim wieder kommen würde. Sie versuchte, die Fesseln an ihren Handgelenken zu lösen. Leider brachte es nichts, außer dass es ziemlich schmerzte. Kurz darauf knackte das Schloss der Tür und selbige öffnete sich. Dann trat Achim vor sie. Er hatte ein Tablett in den Händen, welches er vor Theresa auf dem Schminktisch abstellte. Anschließend verschwand er wieder aus ihrem Blickfeld. Sie hörte es hinter sich erneut im Schloss knacken. Kurz danach trat Achim zu ihr und begann, ihre

Fesseln zu lösen.

„Rahl disch, sonsch grische grad nommo een uff de Deckel", meinte er.

Theresa blickte in seine Richtung und verhielt sich ruhig. Sie wusste, dass, wenn sie jetzt versuchte, sich gegen ihn zu wehren, würde er ihr erneut wehtun. Ihr taten schon das gesamte Gesicht und der Kopf weh, das reichte ihr. Erst jetzt merkte sie, wie hungrig sie war. Achim hatte ihr ein Butterbrot und ein Glas mit Wasser gebracht. Dieses allerdings war nicht so schmutzig, wie das, aus dem er zuvor im Wohnzimmer getrunken hatte. Zuerst nahm Theresa sich das Glas und trank in großen Schlucken. Sie hatte sich gefühlt, als wäre sie schon komplett ausgetrocknet. Danach nahm sie das Butterbrot und biss zweimal beherzt hinein.

„Es gebbt leider nix außer Butter für uffs Brot. De Reiner hott die Worschd jo immer vonn de Metz mitgebrung", sprach Achim und verstummte.

„Ist schon in Ordnung, ich...", weiter kam sie nicht, da hatte Achim ihr auch schon eine gescheuert.

„Nix is in Ordnung", fuhr er sie wütend an.

„De Reiner is dood unn du unn de Vadder sinn draan Schuld. Ihr hädde ned so eklisch sinn solle!"

„Es tut mir leid", sagte Theresa, doch Achim war nicht mehr zu bremsen. Er holte das Seil und fesselte Theresas Hände hinter ihrem Rücken. Dann nahm er sie vor sich und schubste sie vor sich her Richtung Tür.

„Wenn de schreischt, dräh isch da de Hals rum", fauchte Achim und schubste sie weiter vor, ein großes Küchenmesser in der rechten Hand, während die Linke sie am Arm festhielt.

Kapitel 13

Gebückt hockte Lukas am leerstehenden Haus gegenüber von Herrn Güthlers Haus hinter den Hecken. Es wurde bereits dunkel und mit dem Verschwinden der Sonne wurde es auch immer kälter. Gerade versuchte er, sich so unauffällig wie möglich zu strecken, als sich etwas tat. Er sah, wie zwei Gestalten aus dem Haus traten. Die Hintere war Herr Güthler und die Vordere ... Theresa! Lukas musste sich beherrschen, nicht aus der Hecke zu springen und auf die beiden zuzustürmen. Er wartete, bis sie ein Stück entfernt waren, forderte dann per Textnachricht Verstärkung an, um nicht aufzufallen. Anschließend schlich er den beiden hinterher, in einem gewissen Abstand und immer im Schatten der Dämmerung. Kurz darauf kamen sie am Weiher an. Dort zog Herr Güthler aus dem Gebüsch ein Schlauchboot.

„Erinn", fauchte er Theresa an.

Diese tat, wie ihr geheißen. Achim schob das Boot ins Wasser und begann zu paddeln.

Theresa überlegte, ins Wasser zu springen und sich so zu retten, doch sie würde wahrscheinlich nicht weit kommen. Ihre Hände waren gefesselt.

„So Mudder, jetzt kommsche gleich wedder mim Vadder zesamme. Es dauert nur noch korz", sagte Güthler und paddelte weiter. Theresa wurde es ganz heiß und schlecht. Würde er sie jetzt wirklich ertränken? Achim hörte auf zu paddeln und wartete. Sie schaute ihn an.

„Mudder, vergess ned, dass isch dich trotzdem lieb hann, ach wenn vill Sache nedd werklich gudd ware, die na gemcht hann."

„Es tut mir leid, bitte", wimmerte sie.
Er ging nicht darauf ein, stand auf und zog sie grob an seinem Arm hoch. Er zog sie zum Rand des Bootes. Theresa wand sich, versuchte, sich zu befreien, doch es funktionierte nicht. Das Boot wackelte bedenklich. Die Panik wurde immer größer und sie hatte immer mehr Todesangst.

„Heer uff jetzt!"

„Achim Güthler, hier spricht die Polizei",
hörten sie da eine dunkle Männerstimme
durch ein Megafon über den Weiher
schallen. „Lassen Sie von der Frau ab und
keine ruckartigen Bewegungen!"
Theresa atmete auf. Sie war gerettet. Im
nächsten Moment jedoch merkte sie einen
kräftigen Schubs. Sie fiel in den schwarzen
Weiher. Verzweifelt versuchte sie, mit den
Beinen so zu strampeln, dass sie an die
Oberfläche kam, doch ihre Kleidung, die sich
immer weiter mit Wasser füllte, zog sie nach
unten. Ihr wurde es immer schwindeliger, bis
alles um sie herum schwarz wurde.

Kapitel 14

„Hier", sagte Lukas und reichte Theresa eine
dampfende Tasse Tee.

Er hob ihre Beine an und setzte sich auf die
Couch zu ihr.

„Danke", entgegnete Theresa lächelnd und
nippte am Heißgetränk.

Gemeinsam sahen sie sich etwas im
Fernseher an, bis Theresa die Serie stoppte.

„Was ist jetzt mit Achim Güthler?", fragte sie.

„Er hatte einen psychischen Schub. Er
befindet sich jetzt in psychologischer
Behandlung", entgegnete Lukas.

„Habt ihr auf dem Grund des Weihers was
gefunden?"

„Allerdings! Dort lagen zwei Skelette,
vermutlich die Eltern von Achim Güthler."

Theresa nickte und fragte anschließend:

„Weißt du, wieso er es getan hat?"

„Wir haben Aufzeichnungen gefunden. Laut
diesen ist es wohl so gewesen, dass seine
Eltern, nachdem sein Bruder nicht mehr war,
ihn dazu gedrängt hatten, die Schule
abzubrechen und arbeiten zu gehen. Sein

Vater wäre sehr handgreiflich geworden und irgendwann hatte Achim genug. Er hat zuerst seine Eltern erstochen und sie dann mitten in der Nacht in mit Steinen beschwerte Plastikplanen in den Weiher geworfen. Laut dem Text stand dort, dass er sie vom Pumpenhäuschen beschützt wissen möchte. Ich glaube, der Mann hatte einiges durchleiden müssen. Jens Meyer schien bloß ein Zufallsopfer gewesen zu sein. Er schien ihn an seinen Bruder erinnert zu haben, so wie du ihn an seine Mutter."

„Ich denke auch, dass Herr Güthler ein gebrochener Mann gewesen ist. Vielleicht wäre es anders gekommen, wenn sein Bruder nicht gestorben wäre", entgegnete Theresa bestätigend.

Sie lehnte sich zurück, stellte den Tee auf den Tisch und kraulte Rübchen, die sich auf ihrem Bauch platziert hatte. Am nächsten Tag würde sie sich daransetzen, die Geschichte von Achim Güthler niederzuschreiben, allerdings wollte sie ihn nicht als Täter darstellen, sondern als den gebrochenen Mann, der er war.